U0074895

尼尼要上學！

幼兒園的第一天

小惡魔尼尼
大草原幼兒園

圖 原愛美　文 Keropons　譯 米雅

夏天到了，
尼尼和小桃子
今天要去
大草原幼兒園
上學了。

「媽媽——
快點啦！」

「教室在這邊唷！

過來吧。」

「小桃子，快點！」

「哇！好多玩具！
我全部都想玩！」

「尼尼要來煮飯了！」

「啊！他們在摺紙！」

「他們在畫圖！」

「啊！有積木！
尼尼要做火箭！」

「尼尼……」

「做好了！

「呼轟——！」

「咻轟——！」

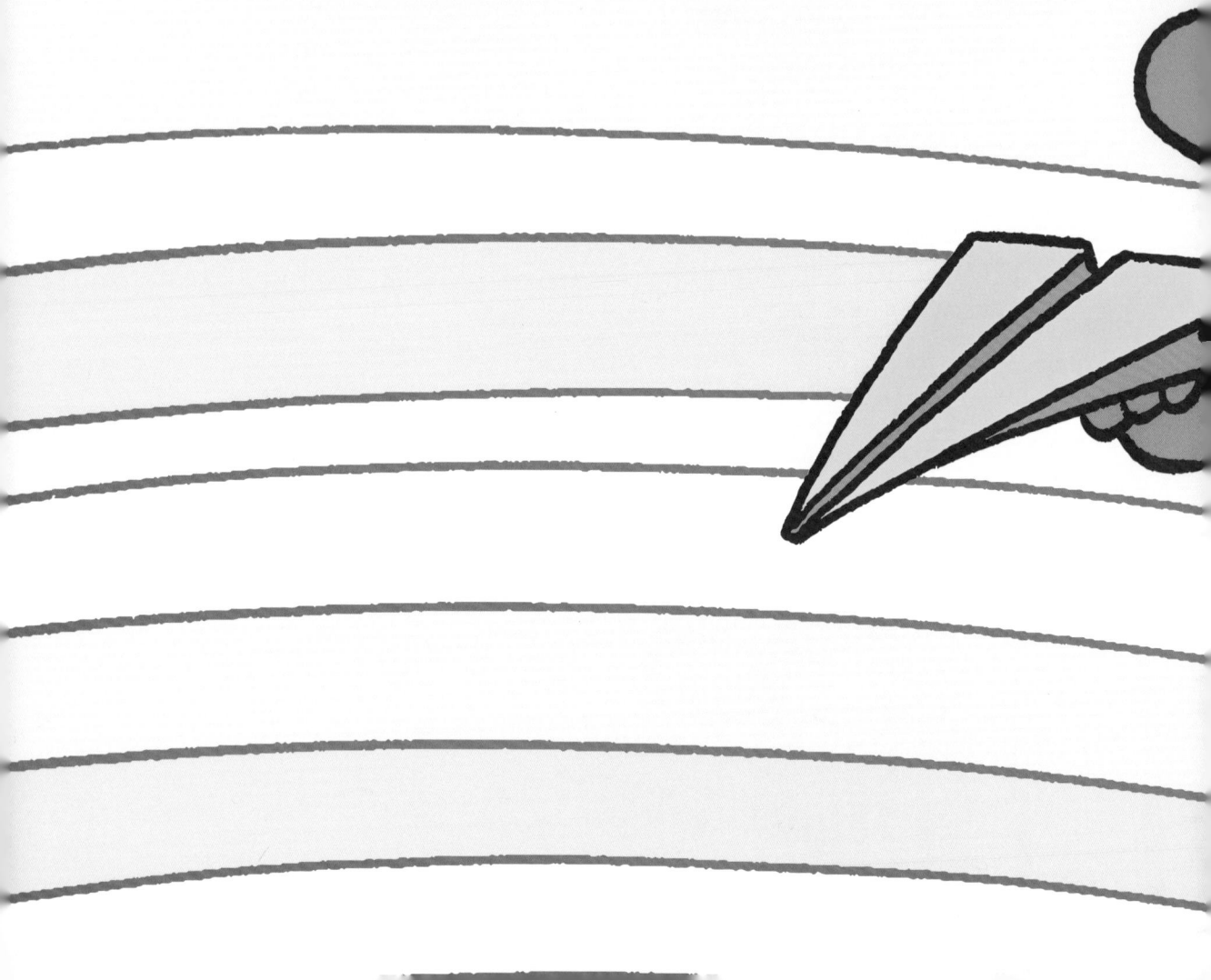

ppp

砰!

「嗚哇——

「撞到頭了，好痛啊——！」

!!」
「我也好痛啦！」

「哎呀呀！你們兩個應該都很痛吧。

那就來唸魔法咒語：

『痛痛、痛痛快飛走，

送給園長，別煩我！』」

「哎呀一好痛、好痛！」

有沒有誰要幫我揉一下？」

「園長！我來幫你一」

「我也要幫忙！」

「我也要！」

你們都好體貼呀！

多虧有你們幫我，

現在不痛了。 謝謝！」

「既然大家都集合了，

那就來唱歌吧！」

元氣寶貝，元氣寶貝，
耶耶耶！
同在一起，快樂更加倍。
元氣寶貝，元氣寶貝，
耶耶耶！
快快長大，一歲又一歲。
耶一！

「好了，

第一次上學的新生們，

回家的時間到嘍！」

「明天見！」

「媽媽——

我好想你！」

「尼尼！放學啦！

媽媽也好想你！」

看來，尼尼今天上學
應該是挺開心的嘍？

本 0360
尼尼要上學！幼兒園的第一天
｜原愛美　文｜ Keropons　譯｜米雅

任編輯｜ 張佑旭　美術設計｜ 蕭華　行銷企劃｜ 張家綺
下雜誌群創辦人｜ 殷允芃　董事長兼執行長｜ 何琦瑜

體暨產品事業群
經理｜ 游玉雪　副總經理｜ 林彥傑
編輯｜ 林欣靜　行銷總監｜林育菁
總監｜ 蔡忠琦　版權主任｜何晨瑋、黃微真
版者｜ 親子天下股份有限公司　地址｜台北市 104 建國北路一段 96 號 4 樓
話｜（02）2509-2800　傳真｜（02）2509-2462　網址｜ www.parenting.com.tw
者服務專線｜（02）2662-0332　週一～週五：09:00～17:30
真｜ (02)2662-6048　客服信箱｜ parenting@service.cw.com.tw
律顧問｜台英國際商務法律事務所．羅明通律師
版印刷｜中原造像股份有限公司
經銷｜大和圖書有限公司　電話｜ (02)8990-2588

版日期｜ 2024 年 5 月第一版第一次印行
價｜ 300 元　書號｜ BKKP0360P　ISBN ｜ 978-626-305-789-0 (精裝)

購服務 ----------
子天下 Shopping ｜ shopping.parenting.com.tw
外．大量訂購｜ parenting@cw.com.tw
香花園｜台北市建國北路二段 6 巷 11 號　電話｜ (02)2506-1635
撥帳號｜ 50331356 親子天下股份有限公司

立即購買 >
親子天下 Education · Parenting · Family Lifestyle
親子天下 Shopping
親子天下 有聲故事書

NIKO CHAN NYUEN ！ KYOKARA HARAPPAEN
Illustrations copyright ©2023 AIMI HARA
Text copyright ©2023 KEROPONS
All rights reserved.
First published in Japan in 2023 by Poplar Publishing Co., Ltd.
Traditional Chinese translation rights arranged with Poplar Publishing Co., Ltd.
through Future View Technology Ltd., Taiwan
Traditional Chinese translation rights ©2024 by CommonWealth Education Media and
Publishing Co., Ltd.

圖　原愛美

插畫家、藝術總監。
從人物設計至廣告界，創作跨足多領域。
以自家孩子兩歲時的模樣當參考，設計出寫實、惹人憐愛的小尼尼形象。

文　Keropons

增田裕子（Kero）和平田明子（Pon）所組成的音樂團體。為孩子量身訂作合適的歌詞、歌曲，並為之編舞。除了親子演唱會之外，也在幼教人員相關講座中進行演出。此外，亦發表繪本作品。

翻譯　米雅

插畫家、日文童書譯者，畢業於政大東語系日文組，大阪教育大學教育學碩士。代表作有：《比利 FUN 學巴士成長套書》（三民）、《小鱷魚家族：多多和神奇泡泡糖》（小熊）等。更多訊息都在「米雅散步道」FB 專頁及部落格。

國家圖書館出版品預行編目 (CIP) 資料

尼尼要上學！幼兒園的第一天 / 原愛美圖 ; Keropons 文 ; 米雅譯 . --
第一版 . -- 臺北市 : 親子天下股份有限公司 , 2024.05
40 面 ;20*19 公分 . -- (繪本 ; 360)
國語注音
ISBN 978-626-305-789-0(精裝)
1.SHTB: 社會互動 --0-3 歲幼兒讀物

861.599　　113003739